記憶の海へ

澤田直子歌集
NaokoSawada

青磁社

記憶の海へ＊目次

梅　林　7
3・11　9
北欧の旅　13
ベテルギウス　15
昭和も遥か　19
桜前線　23
金環食　25
父母よ　26
群青の空　32
言　葉　35
展覧会にて　42
新　涼　49
歌声フォークサロン　51
カラシニコフ　53
ハートマーク　55
月を眺めて　60

「パリは燃えているか」 62
合唱コンクール 64
師の遺影 66
交流イベント 69
明るき明日 73
松苗神事 78
近江の都 80
秋　桜 82
一筋の光 87
ベトナム料理 89
還　暦 91
尾　瀬 97
ラブソング 99
木枯らし 102
餅つき 107
義母よ 109

白桜忌 112
震度6弱 114
大人の世界 115
平成最後の秋 118
梅の香 121
令　和 124
記憶の海へ 128
小さい秋 131
壁 135
人生百年 137
地球も病めり 142
明日を探さむ 145

あとがき 154

澤田直子歌集

記憶の海へ

梅　林

祀られて今年で一千八百年の住吉大社に初日のまぶし

百歳の恩師がテレビに映りゐる現役の国語学者として

梅林を友と歩めりそれぞれの修羅の日々などさらりと言ひて

ゆつたりと雅楽見てゐつ千年の時の流れもかりそめのごと

３・１１

眩暈かと思へば電灯揺れてゐるテレビをつければ津波警報

画面には津波警報震源もマグニチュードもわからぬ数分

現実がフィクションを踏み越えてゆき津波はどんどん山へと向かふ

福島の沖のアサリの殻の色変はりたり海に避難所のなし

＊

震災後二周年の式典に鎮魂歌のごと君が代響く

「泳ぎてぇ！」海に向かひて叫ぶ子よ大津波より三年たちて

浜の子が三年泳げぬまま過ごす羽根奪はれし鳥のごとくに

三年間仮校舎のまま巣立つ子ら深々と礼をして入場す

北欧の旅

絵葉書を買へば「アリガト」異国にて聞く日本語の音柔らかし

午後十時オスロの街は明るくて魔法使ひの隠れ家いづこ

ロシア民謡聴きつつ夫とベリー食むマーケット広場に光あふれて

潮の香の少なき北の海辺にて亜麻色冴ゆるペンダント買ふ

フィヨルドの観光船より見し山羊は山の斜面に白く光れり

ベテルギウス

あの頃に戻りたしとは思はぬが若者の目の輝きを欲る

「ちゃん」付けで吾を呼ぶ人のまた一人逝きていきなり秋の始まる

ゆつたりとハープ聴きつつこの秋のシナリオ一つ温めてをり

少女らの諍ひ鎮め見上げれば輝いてゐたオリオンの星

オリオン座ベテルギウスの死期近し終焉は超新星爆発といふ

赤々とベテルギウスの燃え尽きる時まで我の命あらむか

「お元気で」握手で恋を終はらせて朝の光を歩むヒロイン

潔く別れを告げるヒロインのブラウスの白朝日にまぶし

冬枯れの樹々にも光降り注ぎ椿の花芽膨らむ気配

昭和も遥か

行きは船帰りは夜行九州は遠かりし昔の修学旅行

ただ一度乗りし寝台特急のなくなるといふ昭和も遥か

（「日本海」ラストラン）

連絡船夜行列車を乗り継ぎて出張せし父の遥かな昭和

大正の末に生まれし父親の働き盛りの昭和は遠し

冬休みは宿題と家事和裁士の母はひたすら晴れ着を縫ひき

訪問着次々母は縫ひをりき昭和元禄と呼ばれし昔

仕舞はれしままなのだらう昔母が縫ひたる色無地訪問着など

「虹と雪のバラード」懐かしく歌ふ昭和のますます遠くなりゆく
（札幌冬季五輪のテーマ）

懐かしきフォークソングの流れをり昭和のままの商店街に

桜前線

幸せに虫がまあるく出てくる日ガイドブックを広げてみむか

定期券購入に並ぶ若者のこの先の長き長き道程

新しき本の頁を繰るやうなときめき桜前線近づく

今年度の勤務終へたる男かもベンチに一人桜をも見ず

久々に山の辺の道歩みをり肺の奥まで真緑にして

金環食

風少し涼しくなりて翳りゆく金環食の数分の間

歓声が隣家からも聞こえくる太陽は今金色の輪に

父母よ

死にし親の年数へるもまた空し母の知らざる食洗機使ふ

飛行機も新幹線も乗らぬまま逝きたる母の六十六年

吾を叱りし亡母の口調そのままに老いたる父を叱る弟

かたくなに介護認定を拒みゐる父にスポーツウェアを買ふ

結核は過去の病気ではないと知りてはをれどどうして父が

なぜこんな目に遭ふのかと言ふ父に何も言へずに病室を出る

院内の中庭に天使の像ありて信仰心の無きことを恥づ

十六年独り暮らしの父なりき何語らむや亡母の元に

父母ともにゐない最初の秋の来る色付く街に不意に気のつく

国谷裕子勝間和代を褒めてゐし父よ吾の歌を読みくれし父よ

技術屋で無口な亡父の詠みし句に小さき花の名幾つもありぬ

蟬時雨ひときは胸に迫りをり父逝き母の十七回忌

持ち主の変はればやはりよそよそし実家の庭はガレージとなり

亡き父母の暮らしの匂ひ消えてゆく弟夫婦は片付け上手

歳時記や辞書を片手に入力す父の遺作集を出さむと

母逝きてはや二十年わだかまり消えず器用さを受け継がず

群青の空

来年の手帳の並ぶ書店にて読むべき本の多きを思ふ

群青の空はいつしか黒くなり心の洞を埋めるものなし

漱石の『こころ』を教へるのは五度目則天去私の「そ」にも至らず

黒板の端が光つて見えづらいＧＤＰが三位の国で

グローバル科新設されるといふ母校地元志向はいけませんか

声高に教育再生と言はれつつ三十五人学級は否決

教免のなき校長が十年ごとの研修課される教師を評価す

「身をたて」ることのみ祈り送り出す不況しか知らぬ子らの卒業

言　葉

被災者に「よく助かつてくれました」皇后様のお言葉光る

英語なら関係代名詞を使ふだらう地名も人名も怪しくなりて

受賞後に「まう過去形」と言ひ切りて山中氏学究の徒に戻る

過去形も未来形もなくアマゾンのピダハンの人々今のみに生く

中国人の会話の中身の気にかかる「できるだけ」のみ日本語なれば

雑踏の中に幼の声響く何語か知らぬが母を呼ぶらし

過去はまう水に流せと紛争地の国籍の人日本語で言ふ

認知症の義母がひ孫に言ひ聞かす「ちやんとおしつこ言ひなさいや」と

いにしへも同じなりしか様々な言語飛び交ふ錦市場は

さよならの一語は重しショパン作「別れの曲」は美しすぎて

めいめいがスマホ見てゐる昼下がり車内に響く異国の言葉

悲しさと悲しみの違ひをベトナム人に問はれ即座に「いい質問です」

国語辞典逆引き辞典接尾辞の「さ・み・め」に半日費やす

「カタカナ語よくないです」といふ指摘　中国人もイギリス人も

「俺のこと覚えてゐるか」教へ子の次の言葉は「千円貸してくれ」

前任校の印象問はれ英語指導助手は一言「ZOO！」と答へる

一本を取る柔道とポイントを取るJUDOに違ひあるらし

否定する言葉少なきキーン氏の自伝に心の窓開きゆく

展覧会にて

愛らしき声聞こえくるルーベンスの娘クララの肖像の笑み

いかめしき顔ありユーモラスな顔もありおもしろきかな絵の中の龍

大国を率ゐし威厳滲み出づ女帝マリア・テレジアの肖像

銀泥の光る一瞬動き出す木の葉よ橋本関雪の屏風絵

見る位置を変へて楽しむ屏風絵の水辺の蒼に浮かぶ金泥

色あせぬ螺鈿細工の輝きに一千三百年の時を思へり

三千年後の我らを見据ゑむか土偶の女の目の大きさよ

ふるさとはいづこかとふと気にかかる南蛮屏風に一頭の象

端正な文字が悲しい戦時下の習字作品「撃ちてし止まん」

オルガンの音色懐かし博物館に響く「ふるさと」「仰げば尊し」

ハレムにて女の嘆きも搊ひきや五つのルビー柄にある匙は

憂ひつつ見し日もあらむオスマン朝ハレムの女の宝飾手鏡

絵葉書にて再度大観の「霊峰」を見つつ飲みゐる珈琲うまし

酔芙蓉萩彼岸花美術館の庭を歩めり秋を数へて

こいさんはゆつたり手足伸ばしをり北野恒富の絵に肯へり

日本画の余白の意味の少しづつわかり始めて秋に親しむ

眠さうな幼も不機嫌さうな子も描きしメアリー・カサット展よし

星々のあまた生まれてくるやうな天目茶碗の青き文様

新涼

新涼といふ語をかみしめ出勤すミントグリーンのワンピース着て

涼風に吹かれて登校する子らの瞳の澄みて校舎にも秋

どことなく夏の余韻の漂ひて生徒らの顔大人びて見ゆ

ゆるゆると九州「七つ星」発車するワインレッドの車体つややか

角の無き頭《づ》をぶつけ合ふ鹿のゐて奈良公園に秋雨の降る

歌声フォークサロン

学卒後誰もが正社員になれた頃の明るさ「結婚しようよ」

そのかみの若人集ひ高らかに歌ふ「若いってすばらしい」

めいめいの「あの夏の日」は輝きて視線の先に広がる海辺

教へ子を思ひしみじみ一語づつ歌詞をかみしめ歌ふ「なごり雪」

それぞれの「思ひ出の渚」に浸りつつ歌声フォークサロンは終はる

カラシニコフ

ヒトといふ種の持つ闇を思ひつつカラシニコフ氏の死の記事を読む

死の淵にて救ひのありしか最多の死を出したる銃の設計者には

平和ならトラクターの設計図を描きたかつたとカラシニコフ氏は

守るべき祖国のための銃なりきヒトラーの死後も増産されて

来世にはトラクターなど設計し麦実らせよ生あらしめよ

ハートマーク

校庭にハートマークの現れる今日は雪降るバレンタインデー

女武者巴登場眠さうな生徒ら急に活気づきたり

女子よりも男子生徒が共感す「夢と知りせばさめざらましを」

軽音部演劇部部員も参加する三人のみの合唱部のため

桜咲く岸和田城の堀端に憩ふ人らも合唱を聴く

軽快なリズムの校歌戦前の匂ひ微かに「我が名を揚げん」

マントの子とんがり帽子の子らもゐて校庭は今童話の世界

手作りのドレスで踊る少女達生地はやっぱりピンクのサテン

前の世の記憶のかけら拾ふため海辺の街を旅してみむか

ヒトでなく人であるべし生殖をめぐる技術はどこまで進む

居所のわからぬ子らの叫び声ワールドカップにかき消されゆく

殺した側殺された側も自分たちも同級生といふ子らの酷暑

月を眺めて

しみじみと立待月を眺めをり果たせぬままの夢の幾つか

穏やかに余生を送るハルウララ立待月にふと思ひ出づ

澄み渡る秋空高く風涼し友は電話で愚痴ばかり言ふ

安全で平和な国の若者がイスラム国の兵士を志願

遠き日に見し絵本にもありさうな赤銅色の月現れる

「パリは燃えているか」

我よりも若きは少なし加古隆のソロコンサートに集ふ晩秋

軍隊の行進のごと和音低くホールに響く「パリは燃えているか」

短調と長調交互に現れて「黄昏のワルツ」人の世を織る

美しき旋律の語る「映像の世紀」硝煙の臭ひに満ちて

合唱コンクール

言葉にはできぬ思ひを歌詞にのせ若き力はホールを満たす

揺れ動く恋心など歌ふ子ら等身大の姿映して

最大限心のアンテナ伸ばしつつ老夫婦の「日日」を歌ふ生徒達

半世紀の夫婦の泣く日笑ふ日を十七歳がしみじみ歌ふ

人生の下り坂など知らぬ子ら「大人の階段上る」と歌ふ

師の遺影

空の果て地の果てまでも彷徨ふか液晶の海の個人情報

流れ出す個人情報紫陽花の色を変へゆくよりも確かに

年若く見られることの多き吾の体年齢五つも上とは

思ふまま打てぬパソコン出てこない失せ物のあり還暦近し

認知症について授業をした後で部屋を間違へ鍵を間違ふ

学問と教育に身を捧げたる師は穏やかな顔で逝きたり

「まつすぐに進んでゆけ」といふ声の確かに聞こゆ師の遺影より

交流イベント

国籍も宗派も違ふ十人が集ひうましとたこ焼きを食ぶ

皿を返す時に「ごちそうさまでした」ますます上がるジョージさんの人気

「紅茶にはこだはりますか」一呼吸置いて「まあね」と言ふジョージさん

フィンランド人の日本語に完敗！「今日出会つたことに感謝します」

イベントで扇子に幸と書く人の母国は攻撃対象となる

お茶碗の回し方など指南するインド人にも日本人にも

けん玉やコマ回しなどに興ずるは小学生よりその父親ら

台湾の学生と交流会をする日清戦争より百二十年

シーフードピラフは残り寿司はすぐなくなるスイス人との集ひ

ニッポンのカレーは辛いと言ふタイ人うどんに七味をふんだんに振る

「ロシアではサモワールですね」「いえ今はティーバッグです」少女は笑ふ

明るき明日

軽快なトランペットの音色など聴きたし明日も秋晴れならむ

しみじみと聴く「ラ・カンパネラ」鷗外の心に終生エリスは棲みき

「俺のこと忘れるなよ」と言ひ合へる子らは明るき明日を持ちをり

飛び立てぬままに彷徨ふ鳥一羽こぶしの花芽少し膨らむ

平仮名の美を改めて発見すフィリピン人への最初の授業

剽軽なTくん頑張り屋の愛ちゃんも今日卒業す外は青空

振り袖に袴姿のN先生を目に焼き付ける子も多からむ

初めて聴く旋律なれど懐かしく耳に残れり篠笛の音は

海峡を渡りゆく鳥の心地して篠笛の音は空色の風

鳥となり大海原を渡りゐる心地にて聴く篠笛の曲

ピアニカや木琴にて弾きし曲をオーケストラで聴くは楽しも

結弦くん真央ちゃんならばいかに跳ぶと思ひつつ聴くワルツやタンゴ

蹴り飛ばしたきこと多き日常を吹き飛ばすこの梅雨の晴れ間よ

松苗神事

新しき靴と服にて春陽浴び住吉大社松苗神事へ

太鼓橋今日は渡らず新しき靴に馴染まぬ足を労る

大空を鷺の舞ふごと春風に袖翻す神楽女美し

一人舞ふ白拍子の舞六人での熊野舞も端正なりき

近江の都

人麻呂の憂ひ映すか唐崎の松に小雨の降りかかりをり

唐風の建物いづこにありけむか人麻呂の憂ひしのぶ唐崎

住宅地の中に埋もれる大津京大宮人の子孫いづこに

秋桜

有気音巻き舌音の乱れ飛び黒門市場は異国のにほひ

八月のキャンパスに緑あふれをり「いのちの教育」の講座に向かふ

コミュニケーション能力を高めたいとスマホ片手に言ふ若者ら

我の死後挽歌詠みくれる人ありや『思川の岸辺』に愛滲み出づ

まさしくは親の貧困全国に子ども食堂たちあがれども

ハードルをひらりひらりと飛び越える生徒らの足秋陽に映える

人生のハードルも飛び越えてゆけ陸上部員のしなやかな足

わだかまり消えざるままに見上ぐれば十三夜の月涼やかに照る

秋桜の一面に咲く野に憩ふ亡き人々に会へる気のして

早朝の空気のうまし蓼科のホテルの庭を君と散歩す

穏やかな月夜もテロの種子芽吹く9・11より十五年

議員らは「ラ・マルセイエーズ」を熱唱せり戦ふ国歌を持たぬ我らは
（パリ同時多発テロの後）

リハビリに耐へる友よりメール来て励ますつもりが励まされゐる

言ひ足らぬこと言ひ過ぎしこともあり糺の森をしみじみ歩む

一筋の光

一筋の光与へて「YES　WE　CAN」就任の日も去りゆく時も

国民を励まし妻に感謝して去りゆく男の熱き一滴

ただ一人の男の指の動きにて亀裂の走り波立つ世界

未来への地図なき船に乗せられて自国第一の中を彷徨ふ

ベトナム料理

ベトナムより来日したる実習生今日は料理の指南役に

残業も寒さも漢字も辛からむ明るき顔の若者達よ

ニョクマムやパクチーの香にとまどひぬベトナム人にお礼を言ふも

ベトナムの料理の講習受けた後夕餉はいつもの醤油の味に

還暦

伝はらぬ思ひはどこを彷徨ふか店頭にチョコレートの溢れて

三月の淡き光の中にゐて亡き師の言葉蘇りくる

還暦など誰も祝はず祝はれず若手と言はれ使はれてをり

あてにされあるいはうまくつけ込まれ手帳はいつも予定ぎつしり

風呂好きで絵も乗り物も歩くのも好きな友との旅に疲れる

違和感の徐々に広がるチリ一つ落ち葉一つなき日本庭園

気持ちのみ変はらぬことを確かめる十四年ぶりに友を訪ねて

親恩師体力十四年間に失ひしもの互ひに数へる

亡き母に会ひたしと詠む人羨し桜の花芽固き日の暮れ

魚なりし頃の記憶か海の青東山魁夷の青の慕はし

揃へるを夫と楽しみし日は遠くＮＰＯに寄付する食器

坂下ることに慣れゆく症状の理由はまたも加齢と言はれ

辛じて自由平等博愛の残れることに安堵する朝
（マクロン氏フランス大統領に）

豊かさの中の貧困未知数が幾つか分からぬ式並びをり

男の料理と銘打つ本見れば適量適当数字のあらず

「今時の年寄りは…」といづれ書かれむか若者達の犯罪は減る

ひたすらに進路を探す日々ありき今ひたすらに失せ物捜す

尾瀬

雪上の水芭蕉撮りそのほかはひたすら歩く尾瀬の一日

守るとは受身にあらず木道を毎年補修する尾瀬の人々

筋肉痛以外は楽しきことばかり尾瀬方面への二泊三日は

ラブソング

連勝が止まりさらなる精進と言ふ藤井君涼やかな笑み

今までと異なる夏に出会ふためオレンジ色のジャケット買ひき

ラブソング歌ひたくなる夜のありて線香花火心に点す

涼風に吹かれ新たな夢一つ膨らみてゆく今日より九月

神様を信じたくなる夕べにはささやかな夢手帳に記す

アンコールの「ラ・カンパネラ」家路へと向かふ間も耳に残れり

高らかに歳出カットを誇る知事母校を失ふ痛みを知らず

「里の秋」の歌詞に戦後の引き揚げの苦労滲むと最近知りぬ

木枯らし

死にたがる若者増えて生きられぬ幼子のゐて木枯らしの吹く

きれいでも切れてゐるでもないらしい「キレッキレ」の意味生徒らに問ふ

帯広で三十九度　一国がパリ協定に背を向けてをり

人が背を向け合ふ形といふ「北」が今年の漢字になるを肯ふ

祖父母らが孫のカードを持ち出して使ひ放題のやうな財政

重きもの背負ひ給へる陛下への思ひの滲む皇后の御歌

確かだと思へるものの崩れゆく日々か平成は三十年に

あれこれとサプリメントを買ひ揃へ野菜の煮物を食べ残す夫

わだかまり残れるままに年度末上弦の月に苦笑ひする

久々に十度を越えるといふ予報迷はずピンクのスカートを穿く

ツイッターとチャットの違ひがわからない平成もあと一年余り

「平成」と決めた一人が振り返る「事前に洩れたら切腹もの」と

ひつそりとどこかの机の抽斗に眠りゐるらむ新年号は

餅つき

戦前にブラジルに行きし縁者あり餅食べられぬを嘆きをりきと

メキシコの日系人のゐる村に餅つき残るといふ記事うれし

「日本きれい便利」とタイ人生徒言ふどこがと問へば即座にトイレ

意味不明の若者言葉カタカナ語異国に暮らす寂しさを知る

神棚を祀り日本を知りたいと日系人言ふポルトガル語で

義母よ

特養で快食快眠する義母よ息子の名など疾うに忘れて
子の名前昔の苦労も忘れ果て義母はひたすらお粥を食べる

愚痴こぼすこともなくなり認知症の義母穏やかに施設に暮らす

にこにこと施設に暮らす認知症の義母の海馬に何残るらむ

かあちゃんは呆けてよかつたかもしれぬ夫の言葉に半ば同意す

雲間より十三夜照る　特養の義母の病状少し落ち着く

不本意な結婚を嘆きゐし義母の部屋にあまたの着物・服・皿

神様が見てくれてるが口癖の義母の真意は知るすべもなし

白桜忌

妻の死も怪我も乗り越え白桜忌に晶子を語る卒寿の恩師

晶子への思ひも声も四十年前と変はらぬ恩師の講義

変はるもの変はらぬものを思ひつつ四十年ぶりに師の講義聞く

震度6弱

整然と線路の脇を二列にて出勤する震度6弱の朝

はみ出さず追ひ抜かずただもくもくと地震の後も職場へ行く群れ

大人の世界

不可思議な大人の世界を垣間見き初めてコーラを飲みしあの夏

コカコーラ辛子にわさび大人とは不思議なものを好むと知りし

先生の方が熱心に質問す子ども科学電話相談

精算機の前でとまどふ老婦人「仰せの通りに致します」と

八割は妻より先に逝きたしと残り二割の男らあつぱれ

バスガイド漫画家童話作家などの夢を消しつつ大人になりぬ

平成最後の秋

中国の絹糸で織りベトナム人が縫ふニッポンの民族衣装

手放すか染め替へるかを決めかねるピンクの羽織に出番のあらず

紅葉せぬままに落ちゆく葉もありて平成最後の秋は過ぎゆく

両陛下の最後の秋の園遊会一つの傘に寄り添ひ給ふ

第一次世界大戦終結より百年　死者の声を聴くべし

駆け落ちか亡命はたまた逃避行「月の沙漠」の二人のその後

梅の香

タイ人やベトナム人が作るといふお節料理は「伝統の味」

初詣今年はどこに参らむか願ひ事などあるやうでなし

年賀状今年で止めるといふ知らせこれで三人受け取りてをり

震災後生まれし子らも追悼の集ひに加はる記事有り難し

一片の悔いなしといふ引退の力士は頬に悔い滲ませる

失ひしものより得られしもの数へむ雲間より照る上弦の月

梅の香や土の匂ひの心地よし山の辺の道君と歩めば

行き先を決めねばならぬ着物帯本雑誌類そしてわたしの

令和

大正琴で昭和のヒット曲を聴く三日の後に令和となる日に

ゆつたりと春の瀬戸内眺めをり水鳥も吾も朝餉の時間

日生《ひなせ》にてお好み焼き屋に入りたり客の注文すべてカキオコ

炭火鉢蛍も知らぬ生徒らに教へねばならぬ「春は曙…」

幾度も質問を変へ桑の木をやうやく衣服に結びつかせる

平成になつた日を覚えてゐますかと問へど相手は平成生まれ

ま緑の庭に臙脂の花の映ゆ谷空木といふ名を覚えたり

花の名を一つ覚えて人生の下りの坂も楽しく生きむ

新しき天皇誕生日を迎へ思ひ出づるは『テムズとともに』

今上陛下の二年間の留学記に一生分の自由溢れる

三春滝桜をしばし仰ぎゐてピンクの光の粒を浴びをり

記憶の海へ

扇風機回るうどん屋のかき氷うまかりきコーラなど知らぬ頃

花火せず海にも行かず冷房のききたる部屋にて仕事に励む

絵日記やモノクロ写真の中にのみ夏らしき夏生き生きとあり

絵日記の夏に会ひたしクレヨンで入道雲を描きし夏に

最後にはポトリと落ちる静けさよ幼き日々の線香花火

鰭ありし頃に戻らむ透明な記憶の海を遡るため

失ひし羽のありかを探さむか空の青さの愛しきま昼

公園の隅に十月桜咲く幼き恋は幼日のまま

小さい秋

吾に席を譲られし人苦笑せり「僕のはうが一つ年下」

虫の音に小さい秋を見つけたと語りたき人この世にをらず

ゆつくりと雲は流れて秋近し亡き師亡き父母懐かしみをり

車窓より海の見ゆればひそやかに見えざる鰓にて呼吸し始む

捨てる神あれば拾ふ神もありブラックバスの天丼うまし

アシカの子無事に見つかる札幌のヒグマ一頭駆除されし後

メンバーに「大統領」もゐるらしい飲み会の相談する男たち

クヂラカメエヒやイルカも描かれて近鉄電車すいすい走る

散歩中電話をすれば「コホロギが鳴いてゐるね」と友の弾む声

壁

ほとんどが移民の子孫といふ国の大統領が移民を排除
健康と安全のためコロナ禍に豆腐と銃のよく売れる国

全米が〝青〟と〝赤〟とに揺れてをり分断はより深く激しく

ベルリンの壁壊されて三十年新たな壁を求める声あり

壁築き壁を崩して銅像を建てては倒す歴史といふは

人生百年

ふるさとの曲でないのに懐かしい「アリラン」は土の匂ひ漂ふ

「お母さんみたい」と生徒に言はれをり不妊治療の辛き日遥か

どれほどの辛き道のり歩まれしや雅子皇后の涙の重み

徒然草に「命長ければ恥多し」人生百年時代だなんて

年金はいつから仕事はいつまでか人生百年は呪ひの言葉

十本も好評分譲中といふ幟並びて人影はなし

雨乞ひは大昔からあるといふもスキー場にて雪乞ひ神事

打ち払ひたきもの心に数へつつ追儺歩射式厳かに見る

ＡＩで仕事がなくなると識者言ふ半世紀前は「石油がなくなる」

吾の注意無視し続けたる生徒より別れの握手を求められたり

『舞姫』の世界に入ること難し「身を立て名を上げ」と歌はぬ子らは

好況も消費税なき頃も知らず自助を強ひらる若き世代は

地球も病めり

足がつる眩暈にくしやみ　体中不協和音の響く春先

そのうちに会へるつもりで過ごしゐていつか手にする別れの切符

哀愁を帯びたるメロディ皮肉としか思へぬ「うれしいひな祭り」とは

先づ自助と言ひし男は役人の作りし答弁書を棒読みす

ヒトも病み地球も病めり温帯の筈の地点で四十度越ゆ

女性活躍掲げし人の後もまた男らのみの椅子取りゲーム

明日を探さむ

方向もゴールも見えず刻々と感染者数増えゆくばかり

不安不信不足不自由「不」といふ字ばかりが躍り不満のたまる

晴れ続き花は咲けどもコロナゆゑガイドブックを眺めて過ごす

ペスト禍に差別偏見偽薬　人はなかなか進歩せぬらし

中止延期ばかりが続く新年度出口の見えぬ花曇りかな

植木市バラフェスタなども取り止めで浜寺公園の広さを知りぬ

カバンからマスク取り出しめいめいが顔も本音も半分隠す

子も親も休校の負担強ひられて昼のカラオケに行く高齢者

いつもより十分短き授業終へマスクを外し深呼吸する

九月入学の是非論じらる現場での混乱不安を知らぬ人らに

四十人学級やつと五人減四十年間放置されゐて

拭き掃除に追はれる現場にリモートで授業をせよと　予算も付けず

ジムやめて突然歩行困難に「コロナ筋肉痛だ」と医師は

三回のヒアルロン酸注射とはシニアの国への招待状なり

来年の手帳に疑問符も記入せり見通したたぬことのあれこれ

疫病が宗教を生みだしたといふ今ＡＩは神とならむや

蔓延つてゐるのはヒトの方だよと変異ウイルスの嗤ひ声

ワクチンは結局外国頼みなり先進国といふメッキ剝がさる

この国の閉塞感を払ふべく現れたるか「鬼滅の刃」

小惑星リュウグウの砂もたらされ玉手箱開ける研究者たち

コロナ禍に出口の見えぬ日々なるも〝はやぶさ2〟は次の任務へ

透明な柵に囲まれゐるやうな日常なるも明日を探さむ

あとがき

　令和三年十月二日で六十五歳になった。高齢者の仲間入りである。平成三年三月末で中学校を退職し、日本語教師を目指して勉強を始めてから三十年余りになる。これは、自分の人生の約半分を占める年数である。その間年号も変わり、自分の人生の中で一つの時代が終わったような気がする。自分につながる人々が他界していくことで、改めて自分の現在地を知るのである。青春はあっという間だが、中年もまた然り。このあたりでひと区切りつけようと、第二歌集を纏めることにした。作品は主に「白珠」に掲載されたものだが、「いづみ白珠」などに出詠したものもある。歌集の題は、脳の中の記憶を司る海馬からの連想で付けた。

　第一歌集の時は、初めて自分の歌を世に出すという高揚感があったが、今回は十年たってこの程度かと、内心忸怩たる思いがあるのは否めない。しかし、歌集を編むにあたって前回以降の作品を振り返り、自分はやはり短歌が好きだということ、そしてこれからもずっと好きでいたいということを、再認識したのだった。もう一度原点に立ち返り、この歌集出版を新たな出発点としたい。

＊

歌集出版に当たり、白珠代表安田純生先生には、ご多忙にもかかわらず原稿を見ていただき、厚く感謝申し上げます。また、亡き佐藤美知子先生には、今も深く感謝申し上げています。安田先生はじめ白珠選者の先生方には、入社以来ずっとお世話になっております。改めてお礼を申し上げます。高校時代の恩師、田村剛先生には、題字を書いていただき、ありがとうございます。青磁社の永田淳様にも前回に引き続き、いろいろとご助言やご配慮をいただき、ありがとうございます。また、白珠や白珠堺支社（いづみ白珠）の方々、堺歌人クラブの方々、そのほか短歌を通して支えてくださったすべての方々に感謝申しあげます。今後ともご指導ご鞭撻を、よろしくお願い申し上げます。

令和四年四月二十九日

澤田　直子

著者略歴

澤田 直子（さわだ・なおこ）

1956 年　大阪府貝塚市に生まれる
1979 年　大谷女子大学（現　大阪大谷大学）卒業
1986 年　初めて短歌を作る
1997 年　白珠に入社
2007 年　白珠同人
2011 年　『秋の扉』上梓
2014 年　父の遺作集『秋の虹』上梓

中学校産休育休講師・教諭を経て、現在高校非常勤講師の傍ら、
日本語ボランティアおよび日本語ボランティアの養成を行う

現住所　〒 592-0014　高石市綾園 5-6-5

歌集　記憶の海へ

白珠叢書第二五二篇

初版発行日　二〇二二年七月二十二日
著　者　澤田直子
定　価　二五〇〇円
発行者　永田　淳
発行所　青磁社
京都市北区上賀茂豊田町四〇—一（〒六〇三—八〇四五）
電話　〇七五—七〇五—二八三八
振替　〇〇九四〇—二—一二四二二四
https://seijisya.com
装　幀　上野かおる
カバー題字　田村　剛
印刷・製本　創栄図書印刷

ISBN978-4-86198-540-9 C0092 ¥2500E